기분세탁소

시작시인선 0556 기분세탁소

1판 1쇄 펴낸날 2025년 12월 19일

지은이 이주언
펴낸이 이재무
기획위원 김춘식, 유성호, 이형권, 임지연, 차성환, 홍용희
편집 이호석, 박현승
편집디자인 김지안, 장수경
펴낸곳 (주)천년의시작
등록번호 제301-2012-033호
등록일자 2006년 1월 10일
주소 (03132) 서울시 종로구 삼일대로32길 36 운현신화타워 502호
전화 02-723-8668
팩스 02-723-8630
블로그 blog.naver.com/poemsijak
이메일 poemsijak@hanmail.net

ⓒ이주언, 2025, printed in Seoul, Korea

ISBN 978-89-6021-836-9 04810
　　　978-89-6021-069-1 (세트)

값 11,000원

기분세탁소

이주언

천년의시작

"같은 강물에
두 번 들어갈 수 없다"

내가 흘러온 사람들
나를 흘러가는 모든 것

강둑에 자국 남긴다
그 시간을 베껴 쓴다

고독의 흔적이자, 결코
혼자가 아니었음을 증거하며

나의 시는 혼자 논다

지상의 삶은 불안하지만
그 기분을 씻어 주기도 한다

차 례

시인의 말

제1부

배롱나무 ──── 13

함께 노는 사람 ──── 14

이명 ──── 16

화이트 데이 ──── 17

몽환적 일러스트 ──── 18

칠월의 비너스 ──── 20

지하철 입구 ──── 22

오타루와 오타쿠 ──── 24

여름 할인 헤어샵 ──── 26

정오의 그림자 ──── 27

기분세탁소 ──── 28

페이크 삭스 ──── 30

딸 ──── 32

태명 ──── 33

초록 새똥이 ──── 34

제2부

낙엽 ——— 37

조문의 형식 ——— 38

출토를 위한 가설 ——— 40

인지장애저녁무늬나방의 날개 ——— 42

흑백사진 ——— 44

겨울을 살다 ——— 45

천칭 ——— 46

바퀴와 분홍 깃발 ——— 48

아버지의 모자 ——— 50

이명 2 ——— 52

일상 ——— 53

카페라테 ——— 54

북두 ——— 56

그리운 사피엔스 ——— 57

후, 후, 겨울이 왔어! ——— 58

제3부

홍시 ——— 61

이팝——— 62

추전역 ——— 64

여름밤의 지구본 ——— 66

몽, 혹은 환 ——— 68

나의 뇌가 해석되는 방식 ——— 70

볼록거울과 플라타너스 ——— 72

프라하 광장 ——— 74

보트피플 ——— 76

지구에, 그린 ——— 78

새소리 ——— 80

고서적 ——— 82

불멍 ——— 84

귀거래 ——— 86

흑백사진 2 ——— 88

제4부

거울 아이들 ——— 91

제습 ——— 92

점등의 시간 ——— 94

사라방드 ——— 95

나비와 비 ——— 96

성산패총 ——— 98

자연인 ——— 100

겨울 눈동자 ——— 102

나의 질량이 사라질 때 ——— 104

의자들 ——— 105

없는 너를 본다 ——— 106

이혼 숙려 하우스 ——— 108

사건의 장소 ——— 110

참외를 깎는 오후 ——— 112

해　설

김경복　생명의 간절함 추구와 현대세계 일상성 비판 ——— 114

제1부

배롱나무

식탁보를 깔고 잔을 놓았다, 그리고
아무 일 없었다는 듯

밀어 올리는 힘을 본다 바위에 부딪치는 파도를 본다 물
보라에 놀란 새들, 날아올라 물고기 대신 술병 주위를 돌고
있다 노을이 조각조각 빛나는 물결, 그 가려움을 바라본다
박박 긁지 못하는 생은 그래서 더욱 가렵다 피부에 옴을 꽃
피우던 사람처럼 허벅지 가려울 때 비로소 거기, 허벅지가
있음을 알아챈다 서천에 놓인 술병, 자잘한 꽃무늬 원피스
의 여자가 병마개를 연다 크고 작은 날개들 날아오른다 술
잔 하나가 날개를 펴고 식탁에서 떨어진다 박살난 하루를
쓸어 담는 여자, 붉다

함께 노는 사람

머리 위에 파란 새가 앉아 있거나
머리 위에 노란 별이 떠 있거나

우리는 무릎을 감싸 안고 하늘을 올려본다 드로잉을 하고 메모를 한다 침울은 서로의 볼을 꼬집는다 팔씨름을 한다 지친 표정으로 침대에 든다 때론 소녀들을 만나 춤을 춘다 큰 바위를 함께 밀어 보다 가던 길을 간다 마주앉아 차를 마신다

아이스 아메리카노를 마시며 너는 돌아앉는다
아이스 아메리카노를 마시며 나는 너의 등을 본다

나 작업할 땐 건드리지 마!

몸 밖으로 목소리는 던져지고 목소리는 잡을 수 없이 미끄러지고 목소리는 메마르고 음울하다가 목소리에 빠져 노래를 듣다가 목소리가 나오지 않아 수업을 빼먹고 목소리에 지쳐 전화를 끊고 싶고 목소리에서 사랑이 묻어나는 걸 느끼고 싶다

함께 있다가 가끔은

떨어져 지내자고 목소리가 그런다

이명

누군가 나의 마당에 들어섰다
오른쪽과 왼쪽 귀에 바지랑대 세우고 소리의 빨랫줄을 건
다 방문객 바라보는

내 기분들이 수런거린다 줄에 걸린 블라우스처럼 흔들린
다 구름의 형상으로 기착지 들어오는 어선과 던져 주는 생
선과 갈매기의 불안과 물결들 사이에서

모자를 눌러 쓴 그가 신호를 보내며 방파제에 선다 그의
손짓을 외면해 보지만 잠수부의 옷 입고 고요를 뚫고 들어
온다 속을 헤집는다 뜯겨 나가는 나의 내벽과 외벽 사이로
바람이 든다

난장의 암호를 끌어안고
바닷가 폐선 같은 약봉지를 바라본다

수면을 부유할 때
범고래의 주파수가 내 수중을 가로지른다

화이트 데이

흰 넥타이 매고 흰 셔츠의 손가락으로
큐브를 맞추는 사람

물방울 그리던 얼굴로 땀방울 흘리던 표정으로
삶의 컬러를 똑같이 꿰맞춘다

낡은 지붕 뜯기고 변기가 깨지고 골목이 뭉개질 때
색색의 대문과 색색의 삶이 사라질 때

빨강의 감정 꿰맞추려 물방울 다 쏟았다 가끔은 울지 않
고 춤추지 않는 날 노란 기다림도 틀어져 버렸다 뉴타운 풍
경, 그녀가 집을 떠나고 나비 한 마리 나비 두 마리 어디로
가나, 지나친 빨강은 애정일까요 분노일까요

쑥쑥 자라는 소문처럼
재개발지구의 하얀 빌딩처럼

마음을 다시 키워 보는 사람들

삶의 컬러를 똑같이 꿰맞추자 한다

몽환적 일러스트

평범한 일상은 싫어요

그녀는 모래를 뿌리며 놀고 싶다* 그와 함께
커다란 물방울 속에서 모래같이 까칠한 아이를 키우며

밤을 할퀴는 고양이
긴 밤을 끌어다 그림을 낳는 고양이

그녀의 꼬리는 가늘고 길다

잠시 얼굴을 벗고 다른 표정을

거울 속으로 밀어 놓고, 거울 속
아홉 여자를 하나하나 그리다 말고

모래를 찾아 떠난다
파란 모래 분홍 모래 흰 모래
아홉 여자와 그녀의 그이와 커다란 물방울이 모래 속 화

폭으로 고여 든다

　고양이 발자국 폴짝 뛰어든다

　새 화폭에 새 모래를

　뿌린다 색색의 별처럼 빛나는 알갱이

　어두운 표정은 괄호를 열고

　들어가 눕는다

* 신모래 작가의 작품에서

칠월의 비너스

기압골을 타고
숲속에 노란 승합차가 버려졌습니다

일기예보처럼 예언을

의심하던 달팽이가 먼저 발을 들여놓습니다
흙먼지가 바람에 날려 오고 상수리 하나 문턱을 기웃거립니다 개망초와 거미의 춤도 날아들었습니다

모든 문을 열어 숲을 들입니다 나도 들어가 의자 끝에 앉아 봅니다 당신을 찬양하는 노래는 젖은 바람의 형상입니다 몸을 간질이며 대지의 솜털 일으켜 세우는, 춤추는 말씀을 읽어 봅니다

승합차 내부에 아이가 태동한 흔적 얼룩져 있습니다
열린 창으로 빗물이 들이친 흔적입니다

숲의 성전을 세우신
당신의 지문을 탁본하며 신앙의 진원을 채록합니다

폭풍 아래 몸을 떨던 바닷물처럼

장마와 장마 사이

물의 신앙이 생기는 중입니다

지하철 입구

누군가 뛰어 들어간
사각의 어둠에서

검은 원피스가 또박또박 걸어 나온다 계단의 끝에 서 있
던 검은 셔츠의 사내는 들여다보던 핸드폰을 접고 같은 방
향으로 걷는다 앞서가는 원피스는 모르고 간다 셔츠의 방
향도 셔츠의 마음도

그것을 바라보는
우리는 불안하다 불안은

의심을 껴입고 의심을 즐기며 끝까지 따라가 보자, 마음
먹는다 보도블록 지나 횡단보도 지나 들어선 골목길 가끔은
멈칫거리며 벽 뒤에 숨기도 한다

그녀에게 그는 마음이 없는 걸까
마음을 숨기는 걸까

원피스는 빌라의 문을 밀고 들어간다 우리는 핸드폰을 움
켜쥔다 검은 셔츠는 빌라의 문 앞을 지나 골목을 계속 걸어

간다 여기서 좀 더 지켜봐야 하나, 하다가 우리는

한 겹 안개를 풀어놓고 돌아왔다

오타루와 오타쿠

좁은 운하를 따라 걷는다

눈을 덮어쓴 모자들, 흰 털모자 같은 지붕들이 한때 공장
이었던 건물 위에 엎드려 가만가만 숨을 쉰다

찬 공기 드나들 때마다

비슷한 인물과 똑같은 인물을 똑같은 스토리와 비슷한 스
토리를 뒤바꾸고 싶었지만, 그러니까

날숨 들숨 헷갈리는 공기처럼 같은 듯 같지 않은 듯
흉내내고 싶었는지 모른다

눈 속에 빠진
발을 빼내느라 매번 비슷한 동작을 하다

그 자리에 꽂힌 채 저녁을 맞는다 핏빛 배어드는 배경처
럼 엄마를

부르는 악몽처럼

시린 운하를 따라 걷고 또 걷는다

거부하면서 빠져드는 게 있다

여름 할인 헤어샵

스타일링 할인이라고

불가사리를 머리에 꽂은 미용사가 말한다 프레임에 갇힌
장마, 꿈은 공짜로 나눠 주기도 한다 눈동자의 걸개문 걷어
올리고 바깥 풍경을 들이고 싶지만

뿌연 거울 속 내가

보이다 말다
졸음이 몰려오는 게 보인다

긴 다리를 가진 먹구름과 세렝게티 사자와 싸구려 스타
일이 일렬로 다가온다 감은 눈 속에 펼쳐진 드라마는 티브
이 소리에 간간이 끊기기도 한다 허기진 사자가 갈기를 세
울 때

미용사가 나를 부른다
거저 즐기던

풍경이 손거울처럼 깨진다

정오의 그림자

눈 깜박할 동안

우리는 이팝처럼 환한 웃음을 포갰다 밥상을 차리고 옥양
목 이불을 말리며 한 치의 어긋남 없어 기뻤다

그림자를 예언서처럼 말아 쥔 채

일치의 축복에 몸을 떨었으나
일치는 서로의 살갗에 뜨겁게 닿았으나

제 몸속에 들여놓은 어둠을 모른 척했다 가쁜 숨을 머금
은 그의 입에 검지를 갖다 댔다 쉿! 새잎 하나가 첫발을 내
밀지도 몰라, 그러나 한순간

우리의 몸은
권태의 꼬리를 내밀기 시작한다

내가 나의 정수리를 밟고 섰을 때

그는 삐져나온 어둠의
조각을 주워 든다

기분세탁소

기분은 씻어 쓰기도 하지요

버블 핸드워시를 구름처럼 갖고 놀아요 생크림을 두 손에 얹은 듯 생일 축하 노래를 부르며 미끄러지는 기분

끝날 무렵

오물을 따라 지하로 흘러드는 비눗물, 뿔난 감정들의 파티는 시작되지요

잊기로 해요 지상의 삶이란

진창의 바퀴처럼 도저히 빠져나올 수 없는 마음일 때, 공중을 바라보며 중력을 배반하려는

그의 마지막 순간이 생겨나요

유서의 글씨가 반듯해요 유서를 쓰던 손가락의 감정은 어땠을까요? 글씨에 담긴 절망도 노래할 수 있다면 생의 마감일을 당겨오진 않았을 테죠

버블 핸드워시의 기분으로

절망을 씻어 쓸 수 있으면 좋겠어요

페이크 삭스

할머니의 방에서 뜨개질을 했어요

이따금 이모가 놀러 와
잃어버린 이야기에 그물코를 넣어요

예전엔 그랬었지
버선목에 바람을 재웠지

검정 실이 풀려나가
까만 스웨터의 몸이 완성되고
우리의 감각은 별처럼 빛나고

추운 줄 모르는 아이들은
숨바꼭질 놀이에 해 지는 줄 몰라요

애야, 감기 들라
대문 밖을 떠도는 할머니의 목소리

장롱에 숨어 잠들었을 뿐
속이려 했던 게 아니었어요

이제, 발을 보여 드릴게요 할머니

애야 밥 먹자

또 한 번 저를 불러 주세요

딸

죽으면 누구나 별이 된다고 믿은 적 있다 엄마는 죽어서 내 속의 돌이 되었다 공깃돌 놀이하는 아이처럼 돌을 꺼내 공중으로 던져 올리고 싶다 별이 되지 못하고 떨어져도 주 사위처럼 살피며 엄마의 운명을 새것으로 살려내고 싶다

병실에서 엄마는 오래전에 죽은 어린 자식 얘기를 꺼냈 다 자신의 동굴 속 고통을 꺼내 껍질 벗기고 있을 때 나는 노란 복숭아 껍질만 벗기고 있었다 눈물처럼 손가락 사이 로 과즙이 흘렀다

잘 웃어 주던 친구도 죽었다 딸의 가슴에 동굴이 생겼다 한 친구는 시한부 엄마가 되었다 딸의 신장을 마다하고 딸 의 몸에는 구멍이 나고

동굴 속 미로 같은 마른 혈관들, 더 이상 주사 바늘 꽂을 데가 없을 때 우두커니 천장을 바라보며 엄마가 말했다 *우 째 죽으꼬*, 생의 벼랑에 닿아 가장 명료한 고민을 털어놓았 다 나는 아무 말도 하지 못했다

몸속 동굴들, 모든 엄마는 거기에 산다

태명

빛이 흔들리며
어둠 속에서 춤을 춘다

초음파의 파동은 너를 찾아 나서고
너는 보이지 않는 시간에 기대 있고

생의 소용돌이를 견디며
우주의 기억을 품고 있는, 꼬리 달린

작은 점 하나

엄마의 목소리 알아듣는 것 같다

살다가
햇빛 아래 화분 곁 액자 속에
각자의 여정을 남겨 놓듯

시간의 관문을 지나와
작은 점의 흔적을 넘어선, 이미 생동하는

너의 여정을 뭐라고 부르면 좋을까

초록 새똥이

은회색 자동차에 떨어졌다

새는 나무에 앉아 혹은 날아가며 배설한다 제 똥을 숨기지 않는다 은회색에 어울리는 초록 새똥, 잘 익은 열매를 찾기는 어려워

돌아다니다 멈춘, 그때 나는 카페의 2층 구석진 화면에서 채플린의 검은 모자를 보고 있었다 무료 주차장 한 구간이 은회색 모자를 쓰고 있을 때, 채플린은 지팡이에 한쪽 다리를 꼬고 서서 미인을 기다리는 중이었다 누군가 매번 꺾으려 해도 꺾이지 않는 신념, 새가 공중에서 본 모자들은 변치 않는 바위 같아서 잠시 실례를 해도 될 것 같은

기분이겠지 채플린이라면 모자에 떨어진 초록 새똥을 후후 불어 무채색 오브제로 만들 것이다 늦게 발견한 새똥은

쉽게 지워지지 않는다 무성 영화 속에 살아 있는 채플린을 닮았다 초록 새똥이 눈을 깜박이며 쳐다본다

꼭 그렇게 긁어내야겠어?

제2부

낙엽

오늘 나의 고백은 노란 풍선
혹은, 빨간 풍선

대기권 밖으로 날아가 마음 터뜨릴 것이다, 그러나

백미러 속에서 먼저 터질지도 모른다 너의 눈웃음과 목소리에 대한 기억이 산산조각 날지도 모른다 당신은 내가 아는 사람인가요? 놓아 버린 마음은 어디까지 올라가나? 차창을 열고 고개를 젖히며 바라볼수록 빈 기분만 나뭇가지처럼 또렷해지는데, 거기

새의 깃털 하나
바람에 흔들리고 있다

조문의 형식

안녕하신가,

목소리 대신
부고를 알리는 늦여름 폭우를 듣는다

　수다를 떨다 말고 밥을 먹다 말고 눈동자 커지는 저녁
의 소식
　내 표정이 하얘졌다

　조문을 간다
　나무껍질 같은 단단한 발등과 눈빛을 하고

　그가 엉겁결에 수락했을
　죽음의 형식을 완성하러 간다

　어떤 죽음은 구체성을 껴입고
　내 삶의 내부로 폭우처럼 들이친다

　그게 마지막 통화였구나

구성원 등록을 하듯 방명록을 펼쳐 그의 생애를 들여다
본다

생을 완성하느라 느티나무에 남겨둔 매미 집, 한 채
우두커니 젖고 있다

출토를 위한 가설

나침반이 떨면서 지극의 사랑을 찾고 있다

거의 찾아온 것 같은데
불안에 떨고 있다

어쩌면 진짜가 발굴될 지도 모를

그러나

발굴되어 봤자
그 오랜 유물은 증명할 길이 없다

순수하고 아름답고 진부한
연금술처럼

여전히 발굴되지 못한 채 땅속을 나뒹굴며
심지어 거짓인지도 모를 우리의 심장을 점령하며

낯설거나 말쑥한 얼굴을 쓰고
미로를 따라갈수록

청동거울 속 연인은 더 오래 파묻힌다

나침반이 떨면서 지극의 방향을 가리키고 있다

인지장애저녁무늬나방의 날개

엄마의 날개에 기록된, 메모를 본 적 있다

한번 기억나지 않는 이름은 외워도 외워도 생각나지 않고 메모장에는 빼곡히 세 글자의 이름들이 흘러 내려

땅의 모양이거나 냄새의 감정이거나 전화번호부를 그려 놓은 듯한 무늬가 되었다

한번 기억나지 않는 얼굴은 마음과 눈을 관통해도 윤곽이 희미하다 눈을 깜빡이며 빤히 바라보는 얼굴에게

이름 부를 수 없었던 엄마는 아는 척을 해야 하는데, 실은 너를 알고 있지만 그런데 그 그런데

뭐라고 해야 하나, 너 너는 수국 같고 너는 수국 아래 풀 꽃 같고 바람 같고…… 그렇게 살던

엄마는 떠나고 물결흰줄갈고리나방만큼 길지 않은 이름 들은 영화가 끝난 뒤에도 스크린 빼곡히 흘러 내린다

엄마는 이름들을 무늬로 기억하는 법을 새로 익힌 것이
다,

라고 주석을 달며 나는 엄마의 메모장에 먹물을 엎지르
고 말았네

흑백사진

단단한 어깨와 등줄기를 감싸 안은
검은 코트의 실루엣
언제나 당신은 뒷모습만 보여 준다

강둑에 앉아 바라보는 어제와 또 어제의

저 모습은 시시각각 바위의 얼굴을 닮아간다 나는 조금씩
다가앉아 네 헤어컬러를 헤어컷을 연출하고 싶지만

컷, 컷, 컷!
내가 셔터를 누르기도 전에 너의 등은 내게 소리친다
컴컴한 몸의 신호를 보내며 컷, 컷,

두개골로 남았을 너에게 열어 보여 주지 않았던
내 영혼은 아직 물컹해

검은 코트를 비집고 바람이 들었다 돌아나간다 코트에 싸
였던 생체의 기억들이 흘러내린다 그런 날, 나는

내 신경줄의 몰락을 기다립니다

겨울을 살다

후들거리는 걸음으로 병실에 들어섰다
장작처럼 실려 나갈지도 모를

아버지는
절걱이는 사슬을 몸에 감으며
중절모 대신 두 다리를 벽에 걸어 둔다

환청을 휘젓는지 가끔 팔을 허우적댄다

깃털처럼 창틀에 내려앉아
병실 안을 들여다보는 눈송이들

중절모가 떠다니고
아버지의 지팡이가 움찔거린다

겹겹, 하얀 시트를 둘러쓰며
요양병원에도 티브이 화면에서도 폭설이 내리고

밤새 무슨 일 있었는지 아버지 환하게 웃으신다
벽에 걸어둔 다리가 조금 더 희미해졌다

천칭

내 손바닥에
양팔 벌린 내가 서 있다

중지에 침을 놓으면 파르르 눈꺼풀의 떨림이 멈추기도 했
다 따끔한 순간

먼 우주로 이어지는지도 모른다

강물처럼 흐르다 멈춘 손금처럼
짧았던 사랑도 한때 유행가처럼 빛났던 사람도

어느새 야위어진 운명 앞에 섰다
밤하늘 올려다보면 우리의 별자리도 흐릿해졌는데

내 속에 터를 잡은 당신이 부풀어 오른다
당신이라는 토양 위에 나도 자란다고 믿고 싶은

당신은 광활하다

손바닥에 나무와 풀이 무성할수록

풀벌레 소리, 욕망과 기도 소리 쌓여갈수록
내 저울은 우매함 쪽으로 기울어진다

손바닥 가만히
들여다 보면

지나온 생애가 끌고 가는 길이 있다

바퀴와 분홍 깃발

뱀 한 마리, 길쭉한
내용물을 쏟아낸 주머니처럼 뒤집혀 있다

길 위에서 거죽이 풀린
분홍 속살은

봄날이 혀처럼 향기로웠다, 하고

산벚나무가 그림자를 흔들며
바퀴 자국의 길이를 재는 동안

바퀴 자국이 뱀의 분홍을 끌어안고 있을 동안

속이 울렁거려 입을 틀어막으며
나의 바퀴가 지나갔을 작은 몸들을 생각한다

내가 뱉은 말의 바퀴도 굴러가며
누군가의 가슴을 짓이겼을지 모른다

뱀은 분홍 깃발로 말라갈 것이다

첫눈을 덮은 채 흩어질 것이다

바퀴 자국 새겨진 몸들을 생각하면, 꿈틀
내 속에서 무언가 자꾸 기어오른다

아버지의 모자

모자가 공중을 걸어간다
검은 산이 걸어간다

깃털 꽂은 모자는 나뭇가지에 걸린다 가지에 걸터앉아 휘
파람을 분다 입술 오므려 담배를 물고 기침한다 때론 반듯
한 표정으로 연기 가득한

속을 비우곤 한다 기도를 들일까 샴푸 향 여자를 들일까
하다 비릿한 바람을 들인다 몸의 소리 들으며 소라 껍데기
로 눕는다 바닷물이 그의 문 앞을 서성인다 물에 들까 물이
들까 고민할 새도 없이

코끼리 같은 질병이 들어차기도 한다 컴컴한 모자는 언
제 다시 밝아오려나 통회의 말씀과 촛불이 가득 담기는 기
분으로 밝아오려나,

기다리던 아버지
뒤집힌 모자에 담겨 땅속으로 들어간다 잔디를 덮는다

지난 생을 증명하듯 비석을 꽂은, 봉분 모자 쓰고 있다

아버지의 새 모자

오래 잊혀 납작납작해지면 푸른 산이 된다

산이 걸어간다

푸른 모자가 걸어간다

이명 2

소리를 뒤집어쓴다 양철 바닥처럼 기울어져
밤새, 와그르르 와그르

검은콩 완두콩을 쏟는 소리, 콩 한 되로는 안 되겠는지

엄마는 콩 팔러 장에 가고요 나는 콩처럼
잠 속을 이리저리 튀어요

밤의 뒷골목은
쇠 깎는 소리로 요란한데요

쇠를 깎아 만든 귀고릴 달고
콩 세 되, 콩 네 되… 양철 바닥에 와그르르

밤새 내다 팔지 못한 꿈을 씻어
솥에 안치고 밥상을 차리는

가늘고 하얀 달의 손가락
보일락 말락

새벽을 끌어다 놓는다

일상

소강상태다

 우아한 먹잇질로 서 있던 왜가리, 줄지어 헤엄하던 오리, 물속 피라미조차 보이지 않는다 수초는 뿌리가 흔들렸겠다 노인을 구하러 뛰어든 청년도 물살에 쓸려 갔다

 나비는 풀뿌리 곁에 누워 파닥이고 나비는 젖은 날개를 털며 꽃나무 기웃거리고

 지렁이는 느.릿.느.릿. 천변 산책길로 나왔다 매끈한 피부, 워킹화가 입술을 훔치며 지나가고 자전거 바퀴 달려와 겁탈하고 햇볕은 오래 밟고 서 있다 녹슨 철사 휜 못의 형상으로 변해 갈 몸, 위에

 난간을 놓친 이파리 한 장 떨어진다

카페라테

눈의 홍채 속에는 바다가 있고 그 바다를 헤엄하는 불안
은 멈추지 않는다

그러고 보니

천년 전 연인은 생을 거듭할수록 자주 벼랑으로 몰리고
그의 연인은 매번 그를 구하러 벼랑에서 뛰어내리고

물속에서

귀가 먹먹해질 때 수면에 번지던 빛은 점점 멀어져 갔
겠지
연인의 두 손이 꿈인 듯 다가왔겠지

머그잔을 들고 어딘가에 찍혀 있을지 모를 비명의 지문
을 찾아본다

그러니까, 환한
웃음 사이에도 스며 번지는 불안의 눈빛이 있다

옷깃 여민 듯
가득 채워진 번지점프의 사랑법

북두

빨판이 된 입술로 키스를 한다
먹이를 먹듯 사랑을 흡입하는 칠성장어

일곱 개의 구멍으로 피리를 분다
일곱 개의 구멍으로 빛의 화음을 쏟는다

오선지의 음계를 연주하는 대신
예언의 운지법을 펼친다

사랑을 가장한 몸짓에
내 입술이 닿아

너의 심장은
검은 바위가 되었지만

밤하늘에 빨판을 대고
달군 송곳으로 몸의 일곱 구멍을 내던

언약의 궤도
아직 빛이 난다

그리운 사피엔스

주름진 피부와 질병을 버리고
카메라 눈과 철의 다리를 가졌다

인공 심장은
자살의 동력을 멈추게 했다

아프지도 기쁘지도 않은 날들이 왔다고
왁자지껄하던
보존서고 기록은 낡아 간다

연구소 로비 귀퉁이에
천년 전 멸종한 인류의 여자가 서 있다

삐빅 삐비빅 카메라 눈알을 굴리며
방문객들 몰려들어

박제된 여자의 눈동자를 들여다본다

후, 후, 겨울이 왔어!

낯선 곳으로 전학을 온 후
생물 선생님이 내 등짝에 찬 손을 집어넣은 후
놀라는 소리도 내지 못한 후
불 꺼진 너의 방 가득, 전화벨 울린 후
너를 기다리다 청춘이 식어버린 후
가로수 은행잎 짓밟은 후
뱃속 아이가 발길질 멈춘 후
아이가 닿았을 행성 가늠하며 밤하늘 곁눈질한 후
하천이 얼기로 마음먹은 후
얼기 직전 들었던 물소릴 떠올린 후
엄마를 곱게 빻아 항아리에 담은 후
엄마가 만들어 놓은 된장을 뜨겁게 끓여 먹은 후
텅 빈 집들이 점점이 생긴 후
들판에 점점이 불이 꺼진 후
마음이 거기서 한참을 뒹군 후

제3부

홍시

과거를 노크한다, 캄캄한

대문을 열고 일 나가던 아버지와

손 빗질로 비녀를 꽂고 기도하던 할머니

등뼈를 곧추세워 보기도 했으나

홀쭉해지기 전, 생의 어디쯤에서

새의 부리 같은 사랑을 받아먹다

몸이 패인 채

둥근 초록 내미는 꿈이라도 꾸는 걸까

문득 노크하다, 터져 버린

이팝

환한 웃음으로
손님을 맞는 영정 사진

찰칵, 하던 순간이 전 생애를 대신해 마지막 인사를 하
고 있다

포연을 뚫으며 남쪽으로 이고 왔을 쌀자루의 무게와
아이를 업고 밥상 나르던 허리의 통증은 눈가 주름 속에
접어 두고 이팝꽃 환한 치아를 드러내며 웃고 있다

실제와 이미지의 간극을 따라
실제와 이미지가 포개지는 순간

아들 딸 손자를 뒤로 한 채
바람을 헤치며 희미한 스크린 속으로 걸어간다

인화되어 멈춰 버린
하얀 웃음

해마다 제상에 올라

눈부신 그리움을 떠먹여 줄 것이다

추전역*

추전, 하고 불러 보면 잎사귀가 곧 떨어질 것 같은, 딴청 피우며 아직 당신이 기다리고 있을 것 같은, 사북 지나 고한 지나 태백으로

생의 짐을 가득 싣고 당도하기는 어려워

고난도의 사랑 같아서 함부로 오를 수 없을 것 같아서 그냥 지나치고 싶었다

그 시간

내 여름 바지의 올이 자동차 의자 위에서 미어지고 있었다 미어진 곳마다 몸을 받치고 있던 날실의 힘겨움이 기록되고 있듯이

한 올 한 올 내장이 터져 나온 듯, 과부하 걸린

생의 중력을 견디기 위해 오르고 올랐지만 등짐의 무게가

덜어지지 않았을 사람들의 이야기

　막장을 파다 돌아온 남편과 그의 등을 시원히 씻어 주던
여자의 웃음과 평상 위의 밥상과 주변을 뛰어다니던 아이
들, 아직

　고추잠자리가 붉은
　펜으로 공중에 쓰고 있는 추전 이야기

* 우리나라 철도역 중에서 가장 높은 곳에 있는 역(해발 855m).

여름밤의 지구본

손등을 긁다
잠을 깬다 침실의 벽을 샅샅이 살핀다

모기의 행방에 귀 기울이며
벽지의 지형도를 따라가 본다

기하학 무늬로 흐르는 강과 계곡, 도시의 습한 골목을
뒤질 때

그의 허기가 손등에서 혈관으로 번져 온다

여름의 내벽은 끈적하고
남루한 일상이 덕지덕지 묻었다

잔해를 덮어버릴 새 벽지를 붙일까
하구에 쪼그려 앉았을 모기, 노숙의 날개를 씻겨 줄까

날개 찢긴 천사의 형상을 본다

물결에 떠밀려 가듯

울음의 지류 따라가 보면

흡혈충의 운명선이 내 몸속을 흐르고 있다

몽, 혹은 환

당신은 오른손잡이인가요? 꿈속에서 누군가 물었다 오
른쪽으로 돌아눕는 습성이 잠시 흔들렸다 깜깜한 혓바닥의
홀로 듣는 목소리와

젖은 기분 사이에 무채색이 번졌다

오른손잡이일수록 기울어진 생을 날아다니죠!
　신전의 배후를 따라가며 낯선 고도의 낙타처럼 입맛을
다시며 소문의 뒤를 닦지도 못하고 침을 삼키지도 못하고

　왼손의 성찬을 꿈꾼다

　망각에 드는 꿈을 푹푹 찔러 보는 자들의 세계, 통증의 깊
이만큼 삶의 방향을 꺾어 보는 세계에서
　균형이 깨질수록 신의 계획은 수정됐을 것이다

　타인의 몸을 빌려 춤추는
　선명한 색의 향연이 꿈으로 흘러들었다 감은 눈 속에서
진행되는 말씀의 전례
　수호신이 되고픈, 검은 망토를 걸친 불안이

죽은 엄마의 전언 대신
붉은 혀를 왼손에 쥐고 서 있다

나는 어느 쪽으로 남은 생을 기울여야 할지
꿈과 꿈 바깥 사이에 끼인 채 공손히 두 손을 내밀어 봅
니다

꿈에서조차 당신은 한쪽으로 기우는군요!

나의 뇌가 해석되는 방식

삶은 감자를 으깨어 보았지
물기 없어 퍽퍽한, 으깬 감자 같은 나의 뇌

속에는

작은 도자기 인형이 살고 있어

손끝에 닿는 차가운 감촉, 마치
내 속에 숨어든 애인 같았지

어두운 흙 속에서 차근차근

감자가 익어 가던 시간, 그 안에
담긴 기분은 조용히 그러나 깊게 뿌리를 내렸어

땡볕 아래서 토하고 싶을 때
메마른 나의 감정선 경멸하고 싶을 때
도자기 인형은 가늘고 긴 팔로 흙 묻은 땅속줄기를 건네
주었지

어쩌면 이번 생은
감자의 꿈이 아무렇게나 반죽된 것인지도 몰라 도자기의
몸처럼 금 간 것인지도 몰라

모호한 전생과 미심쩍은 후생을 잇댄 터널
이번 생이 다가 아닐지도 몰라, 루랄라

으깬 감자 같은 나의 뇌가 노래를 한다

볼록거울과 플라타너스

어릴 적 그 가게는

먼지 뒤집어쓴 플라타너스를 길가에 세워 놓고
뒷마당엔 팔고 싶은 미래를 쟁여 놓고

쌓여 있던 물건들

썩지 않는 것들과 벌써 썩어 냄새나는 것들 사이에서 불
안의 몸피 불려 나갔다

그림자 길어지고 그림자의 가지를 따라 몇 개의 길이 보
이기 시작할 때
물컹해진 고등어처럼

불안의 아가미는 나무 꼬챙이에 꿰여 빨랫줄에 걸리기도
했다 독해지는 냄새, 더 독한

희망을 끌어안고 그때 우리는 어디로 가야 했을까

대문의 비밀번호를 잊은 듯

삼거리 폐점 앞에 우두커니 서 있는 볼록거울

플라타너스 있던 자리에 서서

지난 길, 몇
끌어와 비추고 있다

프라하 광장

빗물 머금은 돌바닥이 번질거렸다
오래된 골목길은 모두 광장으로 이어졌다

사랑하고 마시고 투쟁하고 아이를 키우다가
세월의 탱크 앞에 두 손 들고 투항했을 사람들

돌바닥은 그들의 발자국 다 받아냈을 것이다

광장의 카페에 앉아
낯선 나라의 생을 엿보며 에스프레소 마시며

커피 향을 따라나선 나의 시선
옆 테이블에 머물다가 광장을 가로질러 대성당 종탑 위
에도 앉았다

우산을 든 여행자들이
종소리에 이끌려 좁은 골목길 서둘러 빠져나오고
가다가 멈춰선 사람은 카메라 앞에서 포즈를 취하고

고건축 배경과 기분의 색채와 날씨가

기념품처럼 핸드폰 갤러리에 차곡차곡 담길 때

중세의 천문시계탑이
참을 수 없이 가벼운 내 삶에 대고 종을 친다

고쳐 쓸 수 없는 지난 시간과
다시 오지 않을 이 시간을 두드린다

우연히 같은 시간 같은 곳에 모인 심장들
천년 전 종소리 함께 듣는다

보트피플

뿌리 뽑힌 나뭇가지에 눈동자들 매달려 있다

폭탄을 피해 달아나는 고양이처럼
생을 끌어안을수록 두려움 커지는 눈동자

유리창 깨지고 낡은 벽이 부서지고 피 흘리며 쓰러져 가
는

예고 없는 비명에 귀 기울이다가
깜깜한 고요에 짓눌리다가

느릿느릿 출렁이는
고무보트에 몸을 실었다

구토와 가난과 불안은
외면의 표정 앞에서 부풀어 오른다

너의 눈빛이 프레임 안에서 떨고
너의 생이 군데군데 구멍이 나도

내 가슴은 잠시 뜨거워지다 마는데

펼쳐지는 너의 고통을
티브이 화면에 들이치는 파도를

알지 못하는
알려고 하지 않는

뿌리 깊은
내 어둠의 무게가

너의 보트를 더 짓누른다

지구에, 그린

오랜 터전을 내다 버리다!

이걸 낙서처럼 쓰다니
비빌 언덕이 사라지는 건 불안하다
삶의 기둥이 뽑히고 있다

어떤 기둥은 붓이 되어 표범과 숫양과 아기가 놀고 있는
언덕 그림을 그리고 지우길 반복하지만 어떤 기둥은

불꽃에 휩쓸리는지
물에 쓸려가는지

그림을 지우고 그리길 반복하지 못한다
봄의 살갗을 재생하지 못한다

하얀 곰이 얼음덩이 건너다 발을 빠뜨리고
불꽃이 코알라의 등으로 훅, 번지는

그린 채널을 돌리자

노란 우의에 비 맞는 얼굴로 앵커는 폭우 소식을 전한다
집과 돼지와 자동차가 나란히 떠간다 부둣가에 묶인 배들
이 요동친다 쓸어갈 듯 고도를 높인 파도는 뷰파인더 삼키
며 나의 거실로 쏟아진다

　오랜 터전을 내다 버리자
　불의 춤과 물의 춤, 지구를 무채색으로 덧칠한다

　모두 지우고 있다

새소리

테러리스트처럼

수면의 문을 박차고 들어오는
한 마리의 새가 있다

테너와 메조소프라노의 중간 음역, 약간은 굵고 짧고 끊
길 듯 끊기지 않는 소리의 소총을 쏘아 댄다 피 흘리며 들것
에 실려 나가는 나의 새벽잠

같은 목청으로 같은 시간 한곳에서
어쩌면 나뭇가지 옮겨 앉으며

며칠째 마을을 흔들어 대는 소리

동시에 잠 깬 사람들 새의 목청에 새총을 겨누고 싶은 사
람들은
새총을 내다 버린 지 오래다

창밖에 깔려 있는 새벽 어스름은
새의 육중한 배후다

날갯죽지에 부리를 넣고, 선잠 잤을
깃털 속 보잘것없는 몸에게

항복을 복창하며 침실을 나온다

피로疲勞 붉게 번지는 하루가 열린다

고서적

책들이 바닥에 쏟아져 웅성거린다

순간의 선택으로 분류가 끝난 것들
버림과 버려짐의 난장 속에서

표지가 바랜 고서적 한 권

반닫이 하나의 옷으로 단정하게 입으시던
할머니의 몸피를 닮았다

비녀를 꽂고

발목에 닿던 치마와
흰 나일론 블라우스에 스웨터를 걸치고

성당에 가시던 할머니
단벌의 외출복이 품은 얘기를 그땐 읽어 보지 않았다

종이의 변색으로만
한 생을 일러 주는 사람이 있다

이삿짐 정리를 하다 말고, 문득
바닥에 퍼질러 앉으면

기억의 난장 속에서
붙들려 나오는 사람들이 있다

불멍

타닥타닥 타는 장작불을 본다
풀벌레 소리가 마당을 뒤덮을 동안
내 눈길은 넘실거리는 불꽃에 머문다

어느 새벽
도구가 새끼를 낳았지
부연 안개 속에 옷가지를 깔아 주던 할머니
장작불에 데운
더운밥 더운물을 개집 앞에 바꿔 놓아도
도구는 꼬물거리는 것들만 핥으며 엎드려 있었지

타닥타닥 장작이 탄다
가마솥 아래 잔가지를 분질러 넣으면
불린 쌀을 손바닥으로 오래 문대어 안친
흰 미음이 끓기 시작하고
앓는 손주에게 떠먹일 미음이 끓기 시작하고

타닥타닥 장작불 오래 보고 있으면

일렁이는 불꽃 속 장면들

내 심장의 지하에서 끌려 나온 것들이

타인의 일처럼
풍경으로 늘어선다

귀거래

생일이 돌아왔다

사각의 공간에 갇혀서
사각의 바깥에 케이크가 배달되었다

이곳으로 나오려면
촛불 모두 켤 때까지 노래를 불러봐

엄마한테서 나올 때 내지른 소리처럼
최초의 음색을 기억해야 해

둥근 밥상을 마주한 듯
케이크에 둘러앉은 아홉 조각 거울의 방

오래 잊었던 소원
나만의 패스워드를 기억해내고는

아홉 개의 초를 켜고
아홉 조각 밥상보를 열어젖혀

엄마 속으로 돌아가고 싶은

둥근 몸의 방

흑백사진 2

기차가 내뿜는 증기 사이로
검은 옷 입은 사람들이 걸어 나왔다

눈이 마주친 순간
서로가 멈칫거렸다 눈인사를 망설인 걸까

터널을 지나다 보면 다 그래, 컴컴하고 축축한 기분을 어
쩌겠어 기억을 놓치기도 하지 당신은 몇 개의 터널을 지나
이곳에 당도했나요, 묻고 다니는 여자도 있다 꽃이 피었다
지고 유리창 덜컹이는 폭풍우 지나 흰 파라솔 펼쳐진 바닷
가를 달리기도 했다 물빛에 끌렸으나 기차를 내리지 않았
다 내 굼뜬 운명을 싣고 숲을 지나 다시 터널 속으로 들어
가는 기차, 그런데

이거 꿈이 아닌 것 같아

내뿜는 증기 속에서 우리, 만난 적 있는 거 맞죠?

제4부

겨울 아이들

가을의 서정을 잘라 먹고 수배자가 된, 기숙사 뒤에는 도
마뱀이 산다 기숙사 앞 연못이 수런거린다 추워지면 아이들
어디로 가나 달의 그림자 속으로 숨어들까 풀벌레 소리 멈
추었고 학교는 끝나가는데 제 꼬리만큼 잘라 먹고 매일 자
라는 달은 차고 맑다 바람을 타고 나뭇잎은 둥글게 등을 휜
다 고양이가 털실처럼 굴러간다 굴러서 연못의 달빛에 멈춘
다 궁기 가득찬, 겨울밤을 할퀸다

제습

몸속을 무참히 열어 보이는
인체신비전

한때 교도소 철문을 흔들며 저항했는지 아이를 낳으며 소
리 질렀는지 칠면조의 모가지 비틀어 요리했는지

알 수 없지만

습을 제거하면 저와 같을까

혈관을 따라 흐르는 감정선 제어하고 거울을 깨트려 내
던지는 독설

잠재울 수 있을까 허벅지 근육과 빨래판 같은 질의 단면
이 생을 장악하던 때는 갔지만 또 한 번

습이 많은 여름을 지나간다 생의 한가운데를 가듯

제습기에 가득찬 물을 쏟아 버리며
메마른 입술의 아프리카와 물기 사라진 몸들을 생각한다

필요 없어진 물이
필요한 물과 만나지 못한다

중환자실에는 나비가 가습기에 젖는 꿈
가느다란 숨을 따라 흘러 다닌다

점등의 시간

팔을 뻗으면
닿을 수 있는 곳에서도

너를 찾아가는 길은 멀기만 하다

나침반 없어도 눈을 감아도
환하던 너의 얼굴

별을 보며 길을 찾던 날들이 사라진 것처럼
마음속 가로등도 꺼져

컴컴해진 우리는
작은 테이블에 마주 앉아

같은 언어로 말을 하고
다른 기호로 해석한다

실내등을 켜고
마음 번역서를 펼쳐야 할 시간이다

사라방드

나뭇가지가 연두의 입술 내밀면 숭어가 입질을 한다 각
진 입술로 동그랗게 모음을 그린다 아야어여 오요위의 기
분으로

떠도는 손들이 몰려온다

맞잡고 싶은 손과 지천의 손을
물끄러미 바라보는 사람들

봉암대교 아래 버드나무
낭창한 허리와 연둣빛 스카프가 바람에 흔들린다 연두연
두 팔랑이며 여자가 스텝을 밟는다

각진 마음들 끌어안을 때
민물과 짠물이 서로를 끌어안을 때

봄빛과 손잡은 숭어가 뛴다 숭어가 손잡은 강물이 놀라
뛴다 멱과 멱을 잡힌 봄이 내게도 손을 내민다

함께 추실래요?

나비와 비

장마를 따라
나비넥타이 맨 소리들 몰려온다

객석의 등이 꺼지고
교향악을 연주하듯 온다

밥그릇 들고 나비야, 나비야,
간간이 할머니의 목소리도 들려준다

발바닥에 연신 침을 묻혀 얼굴을 닦고
세숫대야 속 연탄재 다지며 목청의 뒤를 닦고

캄캄한 시절일수록
소리의 얼굴을 할퀴기도 했는데

사뿐히 담장에 날아올랐을
고양이 한 마리

장맛비 내리는 도롯가에 죽어 있다

바이올린의 비명처럼

온몸 말갛게 젖어 지난 생을 연주하고 있다

성산패총[*]

아찔하다!
너의 단면을 들여다보는 일

오래 열려 있는 깨진 심장이다

민무늬 토기, 반달 돌칼
너무 긴 울음과 한 끼의 식사들

누적된 삶의 껍질들이
물결무늬 화음으로 노래를 한다

신석기 지나 철기를 지나

태양과 파도, 생과 멸을
쉬지 않고 끌어오는 고단함

하루의 걸음걸음이 건반을 누른다

태양의 뜨거운 발바닥에게도
소실점으로 날아가는 새에게도

길은 끝없이 열려 있어

일만 년 전 너의 하루를
오늘 여기서 만난다

* 창원시 성산구에 있는 대규모의 패총.

자연인

태풍이 나를 흔들어 놓았다

삶을 에워쌌던 장막은 찢겨 펄럭거리고
플라스틱 의자는 발을 하늘로 치켜들고 죽은

사슴처럼 나뒹군다

부러져 흩어진 나뭇가지들, 그 아래
기어 나오는 초록 애벌레

제 자리를 놓친 것들이 한없이 젖을 때

의자를 들고 숲으로 간다
이유를 당신이 물었고 나는 머뭇거렸다

당신에 관한 기억을 지우고 싶어, 하마터면
그 말을 내뱉을 뻔했다

평생 의자였던 엄마를 거기 앉혀 웃는 모습을 찍고 싶다

고이는 불안도 없이
젖어 무거운 날개도 없이

초록 숲의 의자가 무럭무럭 자란다

겨울 눈동자

나는 먼바다에서 잡혀 온 냉동 물고기

어디서 나고 자랐나 얼마나 많은 해역을 오가며 살았나

너는 답이 궁금하고
나는 언 입을 달싹 못하고

얼어붙은 내 종족의 배를 가르며 내장을 꺼내던
어판장의 손가락이 얼고 얼어 굽어졌다

내장이 빠져나갈수록 내 종족의 등도 굽어져
시야가 흐려지던 눈동자들

끝내
시야가 흐려지지 않는, 나는

문상을 갈 때마다
녹아내리는 두 눈에서 물을 흘리고 싶네

갈고리처럼 굽은 검지로 단단한 눈을 만져 보는

어판장의 저녁 어스름

텅텅 부딪는 소리를 내며
언 눈물샘으로 두레박을 던져 넣고 있다

나의 질량이 사라질 때

유전자의 나선 속에 감춰진 것들
우리는 그것을 운명이라 불렀죠
먼 곳을 떠돌수록 더 많은 운명이 엇갈리기도 했지만

들끓고 있는 진실을 믿으며
신의 프로그램일지도 모를 세계에 기대며
크고 작은 걱정을 기록하는 사람들 담배꽁초처럼 던져
버리는 사람들

웃음과 눈물이 뒤섞인 길을 가며
사소한 순간의 의미들을 찾으려 애쓰며
여기까지 저기까지 당도한 사람들

죽음의 그림자가 천천히 혹은 벌써
생의 뒤꿈치에 닿아

우리가 사라지면

그 많았던 마음들은 어디로 갈까요
입자로 남아 검은 우주를 떠다니기라도 할까요

의자들

손자가 그렸다는 그림을 보여 주며 그가 말했다
너무 잘생긴 의자가 아니냐고

내가 보기에 그것은

붉은 색연필로 그린 망아지였다 그래서 기뻤는지도 모른
다 의자는 의자가 아닐 때 비로소 앉을 수 있을 테니

아버지는 의자를 다 지나 침대가 되었다
멀리 시집간 언니는 아버지의 의자를 무참히 버린 뒤 이
방인의 의자를 고쳐 쓰며 울었다

그때는 그랬다, 누구도

손때 묻은 의자를 쉽게 버리지 않았다 끝까지 의자로 살
았던 엄마는 삐걱이는 무릎을 껴안고 불타 버렸다

많은 의자들이 재가 되었다

없는 너를 본다

깃털 하나가 천천히
떨어진다 누가 놓친 것일까

깃털은 표정의 옷, 잃어버린 포근함 간지러움
어떤 깃털은 자동차 앞 유리에 앉았다 가고 어떤 깃털은
평상에 함께 앉아

웃어 준다, 햇살 가득한 평상 대신

장례식장 탁자 위에 작별 서류를 펼쳐 놓고 까딱까딱 꽁
지를 끄적이던 깃털도 있었다 그날부터

날개의 반쪽 세계는 저편이 되었고
날개의 반쪽 세계는 반쪽만 남은 시계를 껴안고 다른 방
향으로 날기 시작했다

놀이를 하는 아기는 없는 엄마를 볼 줄 아는데
까꿍, 하며 엄마가 나타날 빈 공간 바라보며 까르륵 까륵
웃음을 던져주는데

없는 당신은 깃털 하나씩 떨어뜨리고

나는 아직 놀이를 할 줄 모른다

이혼 숙려 하우스

이런 사람은 만나지 마세요, 라는 말을 들었지

내가 연초록 바람을 만나거나 강에서 튀는 숭어를 만나거나 그가 던진 떡밥을 물었거나

아니, 어쩌면

연초록 잎이었다가 뜨거운 장미였다가 그를 꺾어 버린 손이었는지도 모른다

하더라도 우리는

만났다 서른의 밤하늘 바라보며, 슬쩍
그의 반짝임과 그가 거느린 어둠의 알들을 품고 싶었지

하루하루 서로의 손에 이끌려
들꽃과 들개와 마주치고 가시덤불 지나고

아직
더 멀리 가야 하는데, 도저히

주저앉고 싶을 때

　목록 빽빽한 내 삶의 정산서를
　그의 눈앞에 흔들어 보인다 그의 청구서도 굵은 손가락
에 붙잡혀 펄럭거린다

사건의 장소

그곳엔 유럽산 치즈와 와인이 있다
육포와 쿠키와 올리브 오일, 나의 마음을 녹이는 것들

일요일마다 신에게로
달려가 한 겹씩 벗겨낸 줄 알았던 나의 허물들이

그곳에서 투명하게

차례로
차례도 없이

뛰쳐나왔다 신부님의 미사주를 본 적 있지만
미사주 같은 붉은 즙, 독백의 수로가 열려

닫힌 나를 쾅쾅 두드린다
갇혔던 내 속의 내가 여럿 튀어나오고
나라는 소심한 이들은 간혹 내장 속으로 기어들기도 한다

탱고가 재즈를 끌어안고
젖은 셔츠가 와인색 얼룩을 한 템포씩 끌어안는다

스텝을 밟으며 검은 망토를 두른 내가 무대 위로 우르르 나갔다 돌아 나오면 붉은 셔츠를 입은 내가 우르르 몰려 나가고

　아버지인 내가 소리 지를 때 언니인 내가 두 팔을 내밀며 뛰어나오고

　그때 멀리 성당의 종소리

　울린 것도 같다

참외를 깎는 오후

붉은 과도가 몸에 하얀 길을 낸다
알이었다가 참외였다가 지구의 귀퉁이였던 것이 깎여 나
간다

길이 생길 때마다 붉은 말이 달려온다
말 한 마리, 말 두 마리, 말 세 마디, 말 네 마디……

모호하거나 변색해 가는

말씀의 두루마리를 말아 쥐고 그가 달려온다
흘러넘치는 용암과 솟구치는 먼지, 참회의 기도가 뒤섞
인다

베어 버린 시간과 베이는 시간은 지친 표정이다
우리의 울음은 메마르고 어디든 닿지 않아

등외품일지라도 저 완강한 침묵을 숭배하고 싶다

참회의 기도와 참외 씨의 눈빛

마주보며

반짝이는 순간이 있다

생명의 간절함 추구와 현대세계 일상성 비판

김경복(문학평론가, 경남대 교수)

> 오래 잊었던 소원
> 나만의 패스워드를 기억해내고는
>
> 아홉 개의 초를 켜고
> 아홉 조각 밥상보를 열어젖혀
>
> 엄마 속으로 돌아가고 싶은
>
> 둥근 몸의 방
>
> —「귀거래」 부분

누군들 돌아가고 싶지 않으랴? 몸도 피폐해져 꿈조차 꾸어지지 않는 나날, 삭막해진 삶 속에서 간절히 바라는 게 있다면 따뜻한 안식, 절대적인 보호! 나이 든 사람이 어머니를 그리워하게 된다는 것은 생의 단맛을 다 본 뒤 이제 쓴맛을 본격적으로 맛보게 되었다는 것, 죽음의 자리에 더 가까이 다가가게 되었다는 것. 세상에 나올 때 어머니의 자궁 속에서 따뜻한 보호를 받고 태어나듯 세상의 상처와 죽음으로부터 다시 절대적인 보호를 받기를 원할 때, 우리는 다시 "엄마 속으로 돌아가" 엄마의 "둥근 몸의 방"에 깃들기를 꿈꾼다. 둥근 자궁 속에 씨앗처럼 웅크려 잠들고 싶은 것, 그것만큼 아름답고 간절한 것이 어디에 있겠는가!

그럴 때 우리는 빈다. "오래 잊었던 소원"을 되찾기 위해 "아홉 개의 초를 켜"고 "아홉 조각 밥상보를 열어젖"힌 뒤, "나만의 패스워드"를 주술처럼 왼다. '엄마, 엄마, 엄마'. 마치 신데렐라 동화 속 요정이 외는 '비비디 바비디부'의 행복 주문(呪文)처럼 달콤하면서도 한없이 서러운 주문. 아, 이주언 시인은 주문을 갖고 있었구나! 삶이 고단할 때 그 서러움을 저 주문으로 달래기도 하였겠구나! 도연명의「귀거래사」와는 다른 '귀거래' 앞에 발이 멈춘다. 눈이 멎는다. 시의 심부에 들어와 한 시절을 보낸 듯도 하고, 한 세계를 산 것도 같다.

간절한 마음에서 우러나는 시구절은 여지없이 독자의 심중에 꽂혀 울림을 준다. 온몸의 공명을 일으키는 것은 시의 날 이미지, 특별히 꾸미지 않은 듯한 그 담백한 모습이 더 파장을 불러일으킨다. 이주언 시인의 시가 바로 그런 경우가 아닐까? 자신의 삶 속에서 일어난 감정을 절제와 생략의 기법을 통해 드러냄으로써 독자의 가슴을 처연하게 만들고 있다. 이주언 시인이 그리는 그 응축된 세계를 겪어보기 위해서는 우리도 담대와 겸허의 마음을 견지한 채, 시인이 구축한 이미지의 성채 속으로 들어가볼 일이다.

간절한 날들의 기록과 죽음의 의미 탐구

진정한 것은 마음에 있다. 마음에 없는 것은 죽은 것이나 다름없다. 세상의 다양한 색채와 따뜻한 기온도 마음에 그 빛깔과 온기가 뛰놀고 있어야 존재할 수 있다. 마음은 이 세상을 살아있게 하는 단 하나의 요소다.

그런데 그 마음의 살아있음을 알게 하는 것이 있다면 '간절함'이다. 간절함은 무엇인가? 본능과 닿아있지만 본능보다 의식적이고 의지적인 측면이 있는 심리 현상이다. 간절함은 존재의 본질에 대한 인식이다. 특히 죽음을 의식한 상태에서 존재의 본질은 무엇인가 하는 점을 느끼는 의식이다. 때문에 간절함은 존재의 본래성에 대한 하염없는 그리움이다. 그에 따라 간절함은 진정성을 그 몸체로 삼고 있다. '나'란 존재는 무엇인가에 대한 곡진한 답을 갈구하는 자세, 그것이 마음의 살아있음을 보여주는 지표로서 간절함이다. 따라서 간절함은 참된 자세로 나의 존재성을 탐구하는, 깨어있는 의식이다.

이주언 시인의 이번 시집의 내용은 거기에 꽂혀있다. 어쩌면 존재의 본질에 대한 갈구의 형식으로 전개되는 만큼 영적인 발상과 표현이 시집 곳곳에 배어있다. 다음 시편이 그런 것을 잘 보여주는 작품이 아닐까?

팔을 뻗으면
닿을 수 있는 곳에서도

너를 찾아가는 길은 멀기만 하다

나침반 없어도 눈을 감아도
환하던 너의 얼굴

별을 보며 길을 찾던 날들이 사라진 것처럼
마음속 가로등도 꺼져

컴컴해진 우리는
작은 테이블에 마주 앉아

같은 언어로 말을 하고
다른 기호로 해석한다

실내등을 켜고
마음 번역서를 펼쳐야 할 시간이다
　　　　　　　　　　　　—「점등의 시간」 전문

　이 시가 주는 감동은 마음의 행로에 대한 간절한 발원(發
願) 의식이다. 이를 문제적 구절인 "별을 보며 길을 찾던 날
들이 사라진 것처럼/ 마음속 가로등도 꺼져// 컴컴해진 우
리"란 표현을 통해 알 수 있다. 컴컴한 상태로 살아간다는
말은 마음이 죽은 채 살아가고 있다는 말일 것이다. 그것은

곧 의미 없는 상태, 의미 없는 존재로 삶의 나날을 이어가고 있다는 고백일 것이다. 빛이 없는 삶은 얼마나 두려운 삶이 될까? 얼마나 외롭고 고단한 삶이 되었을까?

간절함은 이런 쓰라린 생각 끝에 피어난다. 진정한 삶, 진정한 자아에 대한 갈망이 간절함의 정체가 되는 것이다. 그런 간절함을 가질 수 있는 것은 엄마의 '둥근 몸의 방'을 한 번 겪어본 경험 때문이다. 이 시에서도 "나침반 없어도 눈을 감아도/ 환하던 너의 얼굴"에 대한 본능적 기억이 그 것을 말해준다. 행복한 한때의 기억은 현재적 삶의 결핍을 확연하게 인식하게 해준다. 과거가 현재에 작용하는 가장 큰 힘은 과거의 완전성이 현재의 부정성을 환기하여 어떤 미래로 나아가야 할지를 암시해주는 데에 있다. 행복한 한 때의 기억은 유토피아적 의식으로 작용하여 현재적 삶의 방 향성을 결정해준다.

따라서 간절한 마음은 진정한 삶과 자아를 찾고 그곳으로 나아가게끔 하는 원동력으로 작용한다. 어둠 속을 방황하는 삶과 자아를 밝은 곳으로 인도하고자 하는 의지인 것이다. 이러한 마음의 움직임을 시적 화자는 "실내등을 켜"는 행위, 곧 '점등의 시간'으로 구체화하고 있다. 불을 켜는 것은 하나의 또렷한 삶에 대한 의식(意識)이자 새로운 존재 성으로 태어나고 싶은 마음의 의식(儀式)이다. 그것은 오래 어둠 속에 지쳐 살던 사람의 간절한 바람을 담고 있는 행위 인 것이다. 영적 위안을 추구한다는 점에서는 영성적 행위 가 된다. 이주언의 시는 일정 부분 이런 사유에 바탕을 두고 있어 영성시의 속성을 갖추고 있다.

　이주언의 시는 죽음에 대한 사유에서도 간절함과 동시에
수긍과 체념의 자세를 함께 보여주는 특색을 지닌다. 영성
은 간절함 속의 수긍, 수용의 자세를 보여주는 형식이기 때
문이다. 다음 시들이 이를 잘 보여준다.

　　　웃음과 눈물이 뒤섞인 길을 가며
　　　사소한 순간의 의미들을 찾으려 애쓰며
　　　여기까지 저기까지 당도한 사람들

　　　죽음의 그림자가 천천히 혹은 벌써
　　　생의 뒤꿈치에 닿아

　　　우리가 사라지면

　　　그 많았던 마음들은 어디로 갈까요
　　　입자로 남아 검은 우주를 떠다니기라도 할까요
　　　　　　　　　　　　—「나의 질량이 사라질 때」부분

　코끼리 같은 질병이 들어차기도 한다 컴컴한 모자는 언
제 다시 밝아오려나 통회의 말씀과 촛불이 가득 담기는 기
분으로 밝아오려나,

　　　기다리던 아버지

뒤집힌 모자에 담겨 땅속으로 들어간다 잔디를 덮는다

지난 생을 증명하듯 비석을 꽂은, 봉분 모자 쓰고 있다

아버지의 새 모자
오래 잊혀 납작납작해지면 푸른 산이 된다
　　　　　　　　　　　　　　—「아버지의 모자」 부분

　두 편의 시는 모두 죽음을 시적 대상으로 삼고 있다. 우선, 「나의 질량이 사라질 때」는 개인적 차원의 죽음에 대한 의미를 성찰하고 있다. 이 시에서 보이는 죽음은 존재의 소멸로서 공포의 감정을 유발시키는 대상이다. "죽음의 그림자가 천천히 혹은 벌써/ 생의 뒤꿈치에 닿아// 우리가 사라지면"에 보이듯 죽음은 부지불식간에 '생의 뒤꿈치'에 닿아 있을지도 모른다는 두려움, 그리고 죽음이 도래하면 우주 속으로 '사라져' 버린다는 허무함을 표현하고 있다. 존재의 소멸에 대한 두려움이 시의 전면을 물들이며 시적 화자로 하여금 현재의 삶에 대해 다시 생각하게 한다. 삶 자체를 더 예민하게 의식하게 하고, 살아있음에 대해 반성적 의미를 갖게끔 한다.
　그런데 이 시는 죽음 이후를 아무런 것도 남기지 않는 텅 빔의 상태로 보지 않는다. 지상의 육체는 사라졌을지는 몰라도 "그 많았던 마음들", 즉 내 존재성의 의미는 "입자로 남아 검은 우주를 떠다니"는 것으로 상상한다. '나의 (육체

적) 질량이 사라졌'어도 내 영혼이라는 물질성은 남아 또 다른 입자로 생의 다른 형식을 살고 있을 것이라는 의미다. 이것은 영적인 삶에 대한 추구다. 생의 소멸에 대한 두려움의 간절함이 종교적 구원의 형식을 빌어 영적 삶을 추구하는 것으로 나타나고 있는 것이다.

　이런 점은 「아버지의 모자」에서도 나타난다. 「아버지의 모자」는 아버지를 '모자'에 빗대어 말하면서 아버지의 삶과 죽음에 대해 말하고 있다. 부모의 죽음만큼 자식의 입장에서 절실하고 간절한 체험이 있을까? 이미 아버지의 죽음과 관련된 다른 시에서 이주언 시인은 "후들거리는 걸음으로 병실에 들어섰다"(『겨울을 살다』)는 표현으로 그 마음의 한 자락을 보여주고 있다. '후들거리는 걸음'은 아프고 괴로운, 그러면서 너무나 초조하여 절실한 마음의 상태를 표현해주는 말이다. 제 존재의 뿌리라 할 수 있는 아버지의 소멸은 화자에게 간절한 마음의 상태에 들도록 만들게 할 것은 당연하다. 이는 또 자기 존재성에 대한 회한의 감정에 놓이게 하는 것을 의미함도 분명하다.

　그런 점에서 아버지의 죽음과 관련하여 "컴컴한 모자는 언제 다시 밝아오려나"는 표현은 앞의 시적 맥락과 궤를 같이 한다. '컴컴함'은 빛의 상실이자 간절함의 상실이 된다. 시적 화자는 "통회의 말씀"을 할 수 있는 시간이 절실해지고, 다시 삶의 의미가 충만한 "촛불이 가득 담기는 기분으로 밝아오"는 것을 간절히 바란다. 죽음 앞에서 생의 진정한 가치를 깨닫고 아버지의 존재성이 얼마나 소중한 것인지를 새삼 느끼는 것이다.

그런데 이 시의 문제성은 죽음의 의미와 형식을 삶의 또다른 형식으로 받아들이고 있다는 점이다. 즉 아버지의 병든 몸으로서 '컴컴한 모자'는 새로운 죽음의 형식으로서 "봉분 모자"가 되고 더 나아가 영적 구원을 얻는 형식으로서 "아버지의 새 모자/ 오래 잊혀 납작납작해지면 푸른 산"이 된다. 이는 죽음에 대한 태도가 마냥 슬픔과 불행의 의미로 착색되고 있지 않다는 점을 말해준다. 오히려 수긍과 체념을 통한 승화의 의식이 자리잡고 있음을 보여준다. 이러한 태도는 종교적 관점에서 삶과 죽음을 바라볼 때 발생하는 것으로 이해된다. 즉 영성적 인식의 발현이 이 시의 주제를 형성하고 있다는 의미다.

그에 따라 죽음에 대한 탐구의 형식으로 쓴 시들, 가령 "조문을 간다/ 나무껍질 같은 단단한 발등과 눈빛을 하고// 그가 엉겁결에 수락했을/ 죽음의 형식을 완성하러 간다"(「조문의 형식」)든지, "밤새 무슨 일 있었는지 아버지 환하게 웃으신다/ 벽에 걸어둔 다리가 조금 더 희미해졌다"(「겨울을 살다」) 등의 표현은 죽음이 끝이 아니라 새로운 삶의 형식으로의 변화, 슬픔이 아닌 어쩌면 '환한 웃음'의 세계로의 전이일 줄 모른다는 사유의 표출로 읽힌다. 이주언 시인은 죽음을 통해 삶의 절실함과 간절함을 읽어내면서 삶 너머에 있는 죽음의 형식에서 또 다른 가치를 찾으려 하고 있는 것이다. 이런 시적 태도는 독자에게 참된 삶의 의미가 어디에 있는지를 끝없이 생각하게끔 하는 힘으로 작동하여 울림을 준다.

생태계 위기에 대한 비판과 생명주의

간절함을 유발하는 죽음의 문제는 비단 인간에게만 한정된 것은 아니다. 지금 세상을 둘러보면 온 지구상의 모든 생명체가 죽음의 문제로 신음을 앓고 있다. 인간의 욕망에 의해 멸종의 길로 접어든 생물종들은 어디에 하소연할 길 없는 상태에서 인간에 의해, 인간이 만든 산업문명에 의해 부서지고, 짓밟히고, 파괴되어 처참한 죽음의 상태로 내몰리고 있다.

인간중심주의에 대한 비판은 비단 생태학적 사유에서만 이루어질 내용은 아니다. 종교적 차원이 지향하는 자비와 사랑의 관점은 다른 생명체에 대한 관심과 연대를 추구하고 있다. 특히 자아중심주의가 가져오는 폐해에 대한 반성은 공존과 공생의 가치가 이 시대에 어떤 의미를 띠고 있는지를 알게 해준다. 인간 스스로 간절함의 가치를 실현하고 터득하려면 이 간절함이 세계에도 그대로 적용되어야 할 것임을 알아야 하는 것이다. 그런 점에서 이주언 시인이 이번 시집에서 생태계 위기에 대한 인식의 눈뜸과 그러한 상황에 대한 자신의 위치에 대한 자각은 많은 생각할 거리를 제공해준다. 나의 사랑은 남의 사랑을 바탕으로 전제되지 않으면 성립될 수 없다. 나의 간절함 역시 남의 간절함과 교류되지 않으면 성립할 수 없는 것이다. 이런 진리를 이주언 시인은 최근에 깨달은 것일까? 다음 두 편의 시가 이를 잘 보여준다.

오랜 터전을 내다 버리다!

이걸 낙서처럼 쓰다니
비빌 언덕이 사라지는 건 불안하다
삶의 기둥이 뽑히고 있다

어떤 기둥은 붓이 되어 표범과 숫양과 아기가 놀고 있는
언덕 그림을 그리고 지우길 반복하지만 어떤 기둥은

불꽃에 휩쓸리는지
물에 쓸려가는지

그림을 지우고 그리길 반복하지 못한다
봄의 살갗을 재생하지 못한다

하얀 곰이 얼음덩이 건너다 발을 빠뜨리고
불꽃이 코알라의 등으로 훅, 번지는

그런 채널을 돌리자

노란 우의에 비 맞는 얼굴로 앵커는 폭우 소식을 전한다
집과 돼지와 자동차가 나란히 떠간다 부둣가에 묶인 배들
이 요동친다 쓸어갈 듯 고도를 높인 파도는 뷰파인더 삼키
며 나의 거실로 쏟아진다

오랜 터전을 내다 버리자

불의 춤과 물의 춤, 지구를 무채색으로 덧칠한다

모두 지우고 있다

—「지구에, 그린」 전문

산벚나무가 그림자를 흔들며

바퀴 자국의 길이를 재는 동안

바퀴 자국이 뱀의 분홍을 끌어안고 있을 동안

속이 울렁거려 입을 틀어막으며

나의 바퀴가 지나갔을 작은 몸들을 생각한다

내가 뱉은 말의 바퀴도 굴러가며

누군가의 가슴을 짓이겼을지 모른다

뱀은 분홍 깃발로 말라갈 것이다

첫눈을 덮은 채 흩어질 것이다

바퀴 자국 새겨진 몸들을 생각하면, 꿈틀

내 속에서 무언가 자꾸 기어오른다

—「바퀴와 분홍 깃발」 부분

이 두 편의 시는 죽음에 내몰린 지구 생명체들의 관점에서 생의 간절함이 얼마나 비루하고 비참하게 깨어지고 있는지를 고발하고 있는 작품들이다. 우선, 「지구에, 그린」은 인간이 자신의 어리석음으로 "오랜 터전을 내다 버리"는 것을 넘어 "지구를 무채색으로 덧칠"해 "모두 지우고 있"는 경악할 만한 만행을 범하고 있음을 폭로하고 있는 작품이다. 간절함이 사라진 존재야말로 다른 생명과 그 생명의 가치를 인식하지 못한다.

맹자는 남의 고통을 차마 보아 넘길 수 없는 마음, 곧 '불인지심(不忍之心)'을 인간은 가지고 있다고 하였다. 하지만 욕망에 휘둘린 현대의 인간은 지구를 파괴하고 지구상의 여러 생명의 "삶의 기둥이 뽑히"게끔 하여 "불꽃에 휩쓸리는지/ 물에 쓸려가는지"의 위기 상황에 몰린 그들의 고통을 외면하고 있다. 생태계 위기라 일컬어지는 지구상의 대재앙을 인간이, 인간의 문명이 만들고 있음에도 인간은 비정하게 자신의 욕망만 채우고 있는 것이다. 이주언 시인은 이런 생태계 위기를 불러온 인간과 그 인간이 만든 문명에 대해 혹독한 비판을 가하고 있다.

이런 비판의 시선을 자신에게로 향할 때 더욱 공감의 폭은 넓어진다. 「바퀴와 분홍 깃발」이 그런 경우다. 이 시는 인간의 문명이 자연생태계에 가하는 폭력을 '바퀴'로 상징하고 그에 짓밟혀 쓰러지는 자연의 생명체를 '뱀'으로 설정하여 그 문제성을 고발하고 있다. "바퀴 자국이 뱀의 분홍을 끌어안고 있"다는 표현은 바퀴에 치여 죽은 뱀의 형상을 통해 문명의 잔인한 폭력을 경고하는 것이다.

그렇지만 이 시에서 초점은 그런 폭력성이 '나' 자신의 행동에도 내재해 있다는, 있을지도 모른다는 자기반성이다. "나의 바퀴가 지나갔을 작은 몸들을 생각한다// 내가 뱉은 말의 바퀴도 굴러가며/ 누군가의 가슴을 짓이겼을지 모른다"에 보듯이 자신의 무감각과 무신경의 폭력성이 다른 존엄한 생명체를 파괴했을지도 모른다는 의식을 하고 있다. 이는 인간이라면 누구나 가지고 있을 생에 대한 간절함, 즉 측은지심의 한 예로서 '불인지심'이 사라진 시대에 대한 자기성찰이자 자기비판이다. 자신에 대한 비판을 통해 세계의 부정성을 극복할 수 있다.

그런 점에서 자연 생명체를 아름다운 인간에 빗대고 있는 다음 시는 참으로 생명에 대한 사랑과 만물평등주의에 입각한 생태의식을 보여주는 작품이다.

　　식탁보를 깔고 잔을 놓았다, 그리고
　　아무 일 없었다는 듯

　　밀어 올리는 힘을 본다 바위에 부딪치는 파도를 본다 물보라에 놀란 새들, 날아올라 물고기 대신 술병 주위를 돌고 있다 노을이 조각조각 빛나는 물결, 그 가려움을 바라본다 박박 긁지 못하는 생은 그래서 더욱 가렵다 피부에 옴을 꽃 피우던 사람처럼 허벅지 가려울 때 비로소 거기, 허벅지가 있음을 알아챈다 서천에 놓인 술병, 자잘한 꽃무늬 원피스

의 여자가 병마개를 열었다 크고 작은 날개들 날아오른다

술잔 하나가 날개를 펴고 식탁에서 떨어진다 박살난 하루

를 쓸어 담는 여자, 붉다

—「배롱나무」 전문

　이 시는 배롱나무를 '여자'에 빗대어 이야기하면서, "밀
어 올리는 힘을" 힘차게 내뿜는 배롱나무의 생명력을 예찬
하고 있다. 배롱나무는 "사람처럼 허벅지 가려울 때 비로소
거기, 허벅지가 있음을 알아채"고 붉은 꽃들을 피워낸다.
"자잘한 꽃무늬 원피스의 여자가 병마개를 열어" "크고 작
은 날개들 날아오르"게 하는 것이다. 생동감과 열감이 고조
된 생명체의 속성을 형상화하고 있다. 이 모든 생동감과 활
력을 시인은 "붉다"란 색채 이미지로 압축해낸다.
　여기서 배롱나무는 인간 욕망의 대상이 아니다. 도구적
존재로 전락하지 않는다. 그 자체로 생의 의미를 실현하고
있고, 존재의 의미를 달성하고 있다. 그런 점에서 자연의
생명력이 가지는 긍정적 의미를 노래는 시, 예를 들어 "모
든 문을 열어 숲을 들입니다 나도 들어가 의자 끝에 앉아 봅
니다 당신을 찬양하는 노래는 젖은 바람의 형상입니다 몸을
간질이며 대지의 솜털 일으켜 세우는, 춤추는 말씀을 읽어
봅니다"(「칠월의 비너스」)의 청신하고 아름다운 자연의 이미지
는 생의 활기와 간절함이 아름답게 펼쳐지는 장면일 것이
다. 이런 생의 약동과 충일감을 노래하는 생명주의 시는 이
번 시집 속에서 그렇게 많은 편수를 차지하고 있지는 않다.

그렇지만 생의 절실함과 간절함이 지향하는 세계가 이런 생명의 기운이 충만하고 생동하는 자리일 것이란 점을 인식하고 있다는 점이 중요하다.

현대세계의 일상성 비판과 균열 내기

후기자본주의 세계가 의식있는 지식인이 바란 대로 굴러가고 있으리라 믿는 것은 어리석은 일이다. 갈수록 지구의 생태계는 한계 상황을 넘어 대재앙이 임박하고 있는 위기감을 부추기고 있다. 그런데도 자본주의 문화는 위기 상황을 제대로 인식하지 못하고 인간들로 하여금 달콤한 자본주의적 삶의 방식에 젖어, 아니 절여져 몽롱한 삶들을 이어가게끔 하고 있다. 인간을 자본주의의 물신(物神)에 취해 광기와 광란을 추구하는 존재들로 만들어가고 있는 것이다.

이러한 현대인의 삶의 형태를 우리는 '자본주의적 일상성'에 매몰된 삶이라 부를 수 있다. 이런 현상에 대한 뭇 지식인들의 분석과 질타가 이어져 오고 있는 것은 당연한 일이다. 그중 앙리 르페브르의 진단은 매우 경청할 만하다. 그는 『현대세계의 일상성』이란 책에서 산업자본주의적 현실 속에서 삶의 의미를 찾지 못하고 살아가는 사람들의 삶의 형태를 '현대세계의 일상성'이라 규정하고 이의 심각성을 말하고 있다. 즉 그는 현대세계의 일상인들은 자신의 존재를 자신이 소유하지 못하고, 사회적인 여러 구속력에 자신의 존재를 빼앗긴 것으로 풀이하고 있다. 일상은 경쟁 자본주의가 생겨난 이후, 소위 〈상품의 세계〉가 전개된 이후 현대인들의 삶을 지배하는 원리가 된다. 개인은 이 일상 속에서 자유로운 삶을 살고 있는 듯하지만 사실은 자본주의 체제가 내포하고 있는 소비 이데올로기에 과잉 억압되어 의식의 강제를 받고 살고 있다. 즉 일상은 여러 복합적인 특질을 갖고 현대인들로 하여금 정체성의 혼란과 소외에 빠뜨려 진정한 자아를 찾지 못하게 한다는 것이다.

이는 영혼이 없는 삶, 인간이란 존재로서 가져야 할 간절함을 잃어버린 삶을 현대인들은 살고 있다는 진단인 셈이다. 이주언 시인도 생의 간절함에 의미를 두는 측면에서 일정 부분 이런 진단에 동의하고 있다. 일상을 두고 "소강상태다"(「일상」), 혹은 "평범한 일상은 싫어요"(「몽환적 일러스트」)라는 표현을 보면 알 수 있다. 시인의 시는 이 시를 비롯하여 이번 시집의 상당 부분을 이와 같은 현상을 분석하거나 이런 삶의 형태를 비판하고 있다는 점에서 후기자본주의적 삶의 방식에 대한 성찰을 보여주고 있다. 그런 점에서 시인의 시는 당대적 삶의 맥락을 반영하고 있다는 점에서 역사사회적 관점을 담아내는 동시 이 시대의 인간 존재론에 대한 성찰을 표방한다는 점에서 존재론적 사유도 갖추고 있다. 다음 두 편의 작품을 보면 이를 잘 알 수 있다.

흰 넥타이 매고 흰 셔츠의 손가락으로
큐브를 맞추는 사람

물방울 그리던 얼굴로 땀방울 흘리던 표정으로
삶의 컬러를 똑같이 꿰맞춘다

낡은 지붕 뜯기고 변기가 깨지고 골목이 뭉개질 때
색색의 대문과 색색의 삶이 사라질 때

(중략)

마음을 다시 키워 보는 사람들

삶의 컬러를 똑같이 꿰맞추자 한다

      —「화이트 데이」 부분

일치의 축복에 몸을 떨었으나
일치는 서로의 살갗에 뜨겁게 닿았으나

제 몸속에 들여놓은 어둠을 모른 척했다 가쁜 숨을 머금
은 그의 입에 검지를 갖다 댔다 쉿! 새잎 하나가 첫발을 내
밀지도 몰라, 그러나 한순간

우리의 몸은
권태의 꼬리를 내밀기 시작한다

내가 나의 정수리를 밟고 섰을 때

그는 삐져나온 어둠의
조각을 주워 든다
　　　　　　　　—「정오의 그림자」 부분

　두 편의 시는 현대사회의 일상성에 매몰된 인간 존재의
문제점을 다루고 있다는 점이 공통점이다. 먼저, 「화이트
데이」는 자기정체성을 상실하고 소비자본주의적 삶의 방식
이 강제한 무개성의 존재로 살아가는 현대인의 모습을 풍자
하고 있다. "삶의 컬러를 똑같이 꿰맞춘다"라든지, "색색의
대문과 색색의 삶이 사라질 때" 등의 표현이 이를 의미한다.
개성의 상실은 현대인을 단순히 상품을 소비하는 소비자의
위치에 둠으로써, 자본의 이윤을 최대한 뽑아내려는 전략
에 따른 결과다. 획일, 표준, 압축 등으로 효율을 추구하는
방식은 자본주의적 욕망이 전면화된 사회현실에서 당연히
발생하는 특징들이다. 이것이 삶의 방식으로 내재화되면
'무개성적 존재'로 살아가는 인간이 출현한다.
　문제는 이러한 삶의 방식을 자각하는 존재가 드물다는 데
에 있다. 왜냐하면 그런 삶의 방식에 젖어 있는 존재는 자
본주의적 삶의 방식이 문제가 있다고 인식하더라도 그런 삶
이 주는 편리에 매몰돼, 자신이 자본주의적 삶을 주체적으
로 '향유'하고 있다고 착각한다. 이런 향유 의식이 지속되
면 "손가락으로/ 큐브를 맞추는" 놀이처럼 삶에 대한 의식

은 왜곡되거나 약화된다. 놀이 같은 삶은 즐거움이나 신기함으로 치장되어 자기 정체성을 상실하고 진정한 주체성으로부터 소외된 존재로 살아갈 수밖에 없게 만드는 것이다. 이주언 시인은 이를 잘 인식하고 있어 저와 같은 풍자적 목소리로 당대의 삶의 모습을 비꼬고 있다. 때문에 제목으로 제시하고 있는 '화이트 데이'도 무의미에 잠식된 현대인의 일상성을 반어적 상징으로 표현한 것으로 해석할 수 있다.

이런 점은 「정오의 그림자」에서도 그대로 나타난다. 이 시 역시 "일치의 축복에 몸을 떨었으나/ 일치는 서로의 살갗에 뜨겁게 닿았으나"의 표현을 통해 무개성의 삶의 방식을 예찬하는 듯 반어적으로 비꼰 뒤, 이 사회의 문제점으로 "우리의 몸"이 "권태의 꼬리를 내밀기 시작하"는 점을 지적한다. '권태'는 자본주의적 삶의 방식이 일상으로 굳어진 이후 발생하는 가장 심각한 현대인의 질병이다. 역사적 존재로서 자신의 삶에 의미를 발견할 수 없을 때 가지는 심리 현상이다. 이는 자기로부터 소외되었을뿐 아니라 세계로부터 소외된 존재로 살아가고 있음을 보여주는 지표다. 때문에 시인이 "그는 삐져나온 어둠의/ 조각을 주워 든다"고 표현하고 있는 것은 위기에 찬 현대인의 상태가 얼마나 심각한지를 단적으로 보여주는 상징이라 할 수 있다.

이러한 시적 문제의식은 "비슷한 인물과 똑같은 인물을 똑같은 스토리와 비슷한 스토리를 뒤바꾸고 싶"은 내용을 담고 있는 「오타루와 오타쿠」와 "그것을 바라보는/ 우리는 불안하다 불안은// 의심을 껴입고 의심을 즐기며 끝까지 따

라가"는 현상을 보여주는 「지하철 입구」 등의 시에서도 잘
나타나고 있다. 그리하여 이주언 시인에게 현대자본주의적
삶의 방식은 자본의 욕망에 휘둘린 허위, 조작, 왜곡 등의
부정적 의미망을 형성하게 된다. 다음 시편이 이를 잘 느
끼게 해준다.

기분은 씻어 쓰기도 하지요

버블 핸드워시를 구름처럼 갖고 놀아요 생크림을 두 손
에 얹은 듯 생일 축하 노래를 부르며 미끄러지는 기분

끝날 무렵

오물을 따라 지하로 흘러드는 비눗물, 뿔난 감정들의 파
티는 시작되지요

잊기로 해요 지상의 삶이란

(중략)

버블 핸드워시의 기분으로

절망을 씻어 쓸 수 있으면 좋겠어요
—「기분세탁소」부분

현대시에서 가장 문제적인 태도는 풍자적 어조다. 세계의 부정성을 비판하는 지적 의식을 가졌을 때 어조는 풍자적인 형태를 띠게 된다. 위선적이기도 하고 위악적이기도 한 모습을 취하면서 세계의 타락을 비판하고 있는 것이다. 이는 이주언 시인이 앞에서 줄곧 보여왔던 생의 간절함이나 절실함이 사라진 상태에 대한 비판적 인식의 표출이다.

　「기분세탁소」는 시적 화자의 위선적 태도가 문제적인 의식을 실현하고 있다. "기분은 씻어 쓰기도 하지요"라든지 "절망을 씻어 쓸 수 있으면 좋겠어요"라는 말은 진지한 태도를 보이는 것처럼 하면서, 인위와 조작으로 사람의 기분을 명랑하게 만드는 당대의 자본주의적 삶의 형태를 역설적으로 풍자하고 있다. 우울한 현대인에게 "잊기로 해요 지상의 삶이란" 말을 통해 착한 사람의 다정한 위로와 동정을 전하는 것처럼 꾸며 의식의 마비를 유도하는 심각성을 보여준다. 이는 일상적 삶의 방식에서 욕망에 젖어 살게끔 하는 자본주의적 삶의 모습에 대한 비판이다. 즉 허위와 무의미로 진전되고 있는 현대세계의 일상성에 대해 균열을 냄으로써 진정한 가치를 추구하는 것이다.

　진정한 가치가 아닌 것들은 일정한 왜곡을 내포한다. 『기분세탁소』는 현대세계의 일상 속에서 끝없이 자본주의적 욕망에 휘둘리어 살아갈 수밖에 없는 처지를 폭로하고 있다. 풍자적인 시선으로 왜곡된 후기자본주의적 체제와 현실을 응시하고 있는 것이다. 그런 점에서 이 시집은 매우 날카롭고 예민한 현실 의식을 표출한다. 이러한 인식에 이르기까지 이주언 시인은 자신과 자신을 둘러싼 현실적 삶에 대해 끝없는 탐색과 반성적 통찰을 수행했을 것이다. 진정성이 녹아들어 있는 삶의 모습을 '간절함'의 가치로 빚어내고자 하였을 것이고, 그러한 간절함이 사라져 가는 생태계 위기 현실에 대해 생명주의 가치로 비판하면서 현대세계의 일상성이 갖는 심각한 부정성을 구체화하고자 하였다. 하여 이주언 시인의 시는 참된 존재의 가치를 찾고자 하는 영성시의 한 특성을 보여준다.